घरेलु हिंसा

अनसुलझी निम्मी की कहानी ·

मधुलिका गोयल

नमस्कार दोस्तों यह कहानी मैं समर्पण करना चाहती हूं उन औरतों को जो घरेलू हिंसा का शिकार हो रही है | यह कहानी ज्यादातर घरों की है इस कहानी के जरिए मैं उन सब औरतों से यही आग्रह करती हूं कि जब कभी भी आपके साथ ऐसा कुछ घटित होता है तो कृपया करके सहन मत करिए | किसी भी तरह का कॉम्प्रोमाइज मत करिए अपना ही वजूद बनाए जो हर एक औरत का होता है |अपनी सेल्फ रिस्पेक्ट बनाइए कोई भी चीज सहन करने या कॉम्प्रोमाइज करने की जरूरत नहीं है | इस कहानी के जरिए मैं आप सब लोगों से सभी औरतों से सिर्फ एक ही बात बोलना चाहती हूं कृपया करके कुछ भी या किसी भी तरह का अत्याचार सहने की जरूरत नहीं है | जो आपका हक है वह आपको मिलकर ही रहेगा और मिलना ही चाहिए किसी भी तरह का अत्याचार सहन करने की जरूरत नहीं है आपको अपने लिए | मैंने ज्यादातर देखा है ज्यादातर घरों में औरतें अपने बच्चों की वजह से चुप हो जाती हैं या अपने मां-बाप की वजह से चुप हो जाती है या गरीबी की वजह से चुप हो जाती है | लेकिन ऐसा उनको नहीं करना चाहिए अत्याचार जितना आप सहन करेंगे अत्याचार करने वाला उतना ही अत्याचार आपके ऊपर करेगा इसीलिए न। ही डरने की जरूरत है ना ही सहन करने की जरूरत है | अगर आपके साथ कोई भी चीज या कोई भी घटना ऐसे घटित हो जाती है कृपया करके पुलिस को या आपके जो सबसे करीबी हैं उनसे संपर्क करिए अपनी कहानी बताइए लेकिन कृपा करके सहन कुछ मत करिए |

क्रम-सूची

प्रस्तावना vii

भूमिका ix

पावती (स्वीकृति) xi

आमुख xiii

1. अनसुलझी निम्मी की कहानी 1

2. अध्याय 2 2

3. अध्याय 3 3

4. घरेलु हिंसा 4

प्रस्तावना

दोस्तों यह कहानी है एक ऐसी लड़की की जिसका नाम था निम्मी जो पढ़ाई में बहुत ही होशियार थी | एक हस्ती खेलती लड़की की चार दोस्ती थी जिनमें से मैं भी थी मेरा नाम है मधुलिका गोयल | दोस्तों निम्मी ने कभी सोचा ही नहीं था उसके जीवन में कुछ ऐसे घटित होगा | क्योंकि कभी भी किसी लड़की को यह कभी भी किसी इंसान को यह नहीं पता होता है कि हमारे जीवन में आगे क्या होने वाला है | वह तो अपना बचपन अच्छी तरह जी रही थी उसको नहीं पता था कि उसके साथ आगे चलकर क्या होने वाला है जो कि किसी भी लड़की को नहीं पता होता है कि उसकी लाइफ में कितना स्ट्रगल लिखा हुआ है | निम्मी भी ऐसे ही लड़की थी | उसने जो अपने जीवन के बारे में बताया सच में बहुत ही दर्द कारी था | ऐसे में खानदान में पली-बढ़ी वह लड़की जहां पर उसको ना ही पिताजी का प्यार मिला और ना ही सही पति मिला | लेकिन भगवान ने उसको एक सबसे अच्छी और सबसे सपोर्टेड चीज थी जो थी उसकी मां | दोस्तों हर लड़की का एक सपना होता है की पढ़ाई लिखाई करें इंजीनियर वकील बने निम्मी का भी कुछ ऐसा ही सपना था | बीच में पढ़ाई छोड़ दी शादी कर दी गई शादी के बाद जिंदगी चेंज हो गए इतनी कम उम्र में इतना सब कुछ सहन करना बहुत बड़ी बात है दोस्तों यह कहानी सच्ची घटना पर ही आधारित है |

भूमिका

दोस्तों इस कहानी में सबसे अहम भूमिका निम्मी खुद है | क्योंकि कहानी में जो मेन पात्र होता है वही कहानी ही सच्ची भूमिका निभाने वाला होता है इस कहानी में सच्ची भूमिका निभाने वाली उसकी मां भी थी जिसने उसका काफी हद तक सपोर्ट किया | लेकिन दोस्तों इस कहानी में मैं एक प्रश्न और करना चाहती हूं कि यहां तक यह कहानी बड़ी ही क्यों अगर हर लड़की की जिंदगी में निम्मी जैसे मां हो या कोई ऐसा इंसान हो जो सपोर्ट करें तो यह कहानी ऐसी होने वाली कहानी किसी भी औरत के साथ जो घटित होती है वह हो ही नहीं | इस कहानी में मेरी भूमिका यह है कि मैं निम्मी कि सबसे करीबी और अच्छी दोस्त | दोस्तों यह कहानी आप सबके सामने लाते समय मैंने 1 मिनट के लिए सोचा ही नहीं क्योंकि मैं चाहती हूं कि यह कहानी पढ़कर आप सब लोग के अंदर एक जागरूकता उत्पन्न में हो |

पावती (स्वीकृति)

दोस्तों मैंने कभी जीवन में सोचा ही नहीं था कि मैं ऐसा कुछ आप सबके सामने लाऊंगी जब यह सब निम्मी के साथ हुआ था | उस समय मैं निम्मी के साथ ही थी | मैंने कभी सच में सोचा ही नहीं था कि मैं निम्मी की कहानी पर कोई ऐसी किताब लिखूंगी | जो लोगों के सामने खुल कर आई थी | जब मैंने यह कहानी के बारे में लिखने के बारे में सोचा तब मैंने पहली बार निम्मी से यह बात पूछूं कि तेरे साथ जो कुछ भी हुआ था क्या मैं वह किताब में लिख सकती हूं | निम्मी ने तुरंत बोला कि तुम लिखो जरूर लिखो और लोगों के सामने यह कहानी आनी चाहिए | औरतों के लिए एक जागरूकता की मिसाल होनी चाहिए ताकि औरतें देखें कि एक औरत की जिंदगी में जो भी चीजें घटित होती है या जो भी चीज उसको फेस करनी पड़ती है उसके लिए उसको अंदर से कितना ताकतवर होना जरूरी है| तुम यह कहानी जब भी लिखना मैं यह कहानी जरूर पढ़ूंगी और लोगों को पड़ाआऊंगी | और आशा करती हूं कि यह कहानी पढ़कर लोगों के मन में थोड़ी अंदर से जागरूकता प्रदान होगी | तब मुझे अंदर से यह चीज लगी कि मुझे ऐसी किताब लिखनी चाहिए जिससे लोग इंस्पायरर हो जागरूक हो | दोस्तों यह किताब निम्मी से पूछ कर ही लिखी है बिना किसी से हम किसी की के जीवन की घटित घटना नहीं लिख सकते हैं | किसी के भी सामने इसीलिए मैंने यह सारी बातें पूछी ताकि उससे पूछ कर ही मैं यह काम करूं |

आमुख

इस कहानी में मैं निम्मी के पति का नाम नहीं लेना चाहती हूं क्योंकि ऐसे घटिया लोगों का नाम मैं अपनी जुबान पर भी नहीं जाना चाहती हूं जो किसी औरत की इज्जत ना करें | दोस्तों जब भी कभी किसी लड़की के साथ कुछ गलत होता है तो हमारे समाज में सबसे घटिया और गंदी आदत यह होती है कि हम जो गलत करता है उसको गलत नजरों से ना देख कर जिन के साथ गलत होता है उसको गलत नजरों से देखने लगते हैं | मैं इस कहानी में कुछ ऐसे लोगों का नाम नहीं लेना चाहती जिन्होंने निम्मी के साथ गलत किया | दोस्तों हमारे आसपास के लोगों को हम कभी-कभी सही से पहचान नहीं पाते हैं कि हमारा कौन सच्चा मित्र है कौन हमारा सच्चा रिश्तेदार है ऐसे ही निम्मी के साथ भी घटित हुआ है | जिस समय निम्मी को सबसे ज्यादा जरूरत थी ऐसे लोगों की जो उसको सपोर्ट कर सकें उन्होंने उसके बारे में गंदी गंदी बातें बोलना शुरू कर दी थी |जिस समय निम्मी अपनी ससुराल छोड़कर अपनी मां के पास रहने आई थी आसपास के लोग जिनको उसके बारे में कुछ भी पता नहीं है वह भी गलत गलत बातें उसके बारे में बोल रहे थे कि ससुराल छोड़ कर आ गई है | इसमें ही कोई ना कोई गलती या गंदी आदत होगी जो अपने पति का घर छोड़ कर आ गई | दोस्तों क्यों क्यों ऐसी सोच होती है | बिना सोचे समझे उस लड़की को सपोर्ट ना करके हम उसके बारे में गलत गलत टिप्पणियां फैलाने लगते हैं | स

1

अनसुलझी निम्मी की कहानी

2

3

4

घरेलु हिंसा

नमस्कार दोस्तों मेरा नाम है मधुलिका गोयल और आज मैं फिर हाजिर हूं | आपके सामने जिंदगी की सच्ची घटना को लेकर दोस्तों यह कहानी एक ऐसी लड़की की है जिसने कम उम्र में अपने पिताजी को खो दिया था | उस समय वह लड़की स्कूल में थी | उस लड़की का नाम है निम्मी | निम्मी मेरे साथी स्कूल में पढ़ा करती थी| हम काफी अच्छे दोस्त थे हमारे साथ हमारी बेस्ट फ्रेंड उपासना भी थी | स्कूल टाइम में हम लोग पक्की दोस्त हुआ करते थे | जब मेरा सातवीं कक्षा में दाखिला हुआ था सबसे पहले मेरी दोस्ती निम्मी से हुई थी मैं निम्मी से बोलती थी कि एक बार तेरे घर मुझे चलना है| कभी कोई प्रॉब्लम हुई तो कम से कम मैं तेरे घर आ सकती हूं तुझे देखने के लिए | निम्मी कोई ना कोई बहाना करके मुझे मना कर देती थी घर के लिए | एक बार की बात है मैंने निम्मी से बोला आज मैं तेरे घर जाकर ही रहूंगी मुझे तेरा घर देखना है | तब निम्मी ने बोला कि ठीक है आज मैं तुझको अपने घर लेकर चलूंगी लेकिन मुझसे एक वादा करो कि वहां जो कुछ तुम देखोगी और सुनोगी किसी से कुछ मत बोलना मैंने बोला ठीक है | मैं किसी से कुछ नहीं बोलूंगी निम्मी मुझको अपने घर लेकर गई | वहां उसकी मम्मी थी उसकी एक छोटी बहन थी छोटा भाई था और एक बड़ा भाई था उसके पापा भी थे | उसके पापा ने शराब पी रखी थी निम्मी के पापा सुनार का काम करते थे | जैसे ही निम्मी घर गई उसके पापा ने उसको अचानक

से गंदी गंदी गालियां देना शुरू कर दिया | मुझको तो 1 मिनट के लिए कुछ समझ में ही नहीं आया कि हो क्या रहा है | निम्मी की गलती क्या है निम्मी ने मुझसे बोला तुम अंदर चलो हम लोग अंदर चल कर बातें करते हैं| मैं और निम्मी अंदर वाले रूम में चले गए वहां निम्मी की मम्मी आई और मुझसे बातें करने लगी मैं भी उनसे बातें कर रही थी | थोड़ी देर बाद मैंने उसकी मम्मी से बोला आंटी मैं अब घर जा रही हूं मेरी मम्मी मेरा इंतजार कर रही होंगी उसकी मम्मी से नमस्ते बोल कर मैं वहां से चली गई लेकिन पूरे रास्ते में यही सोचती रही कि निम्मी के पापा ने उसको घर के अंदर आने से ही पहले गालियां देना क्यों शुरू कर दिया | मैं अपने घर गई हाथ मुंह धोकर खाना खाकर अपना स्कूल का काम करने लगी दूसरे दिन मैं निम्मी के घर गई सुबह | वहां मैंने निम्मी से बोला अब हम साथ में ही स्कूल जाया करेंगे | निम्मी ने मुझसे रास्ते में बोला कल जो भी कुछ हुआ उसको भूल जाना और दिमाग से निकाल देना मैंने बोला दिमाग से तो मैं निकाल दूंगी लेकिन मेरे दिमाग में कुछ प्रश्न है जिसका उत्तर तुमको देना ही होगा मम्मी ने बोला पूछो क्या बात है | मैंने बोला अचानक से तेरे पापा गालियां क्यों दे रहे थे | मुझ को तो कुछ समझ में ही नहीं आ रहा था | निम्मी बोली यह अभी से नहीं है मैं बहुत छोटी थी तब से पापा ऐसे ही हैं | शराब पी लेते हैं उसके बाद गालियां देते हैं | गाली देते समय वह ना ही घर देखते हैं और ना ही बाहर बस गालियां देते हैं | निम्मी के पापा को शराब और गुटके की आदत थी | धीरे-धीरे समय निकलता गया मैं और निम्मी 12वीं कक्षा में आ गए थे | निम्मी ने दूसरे स्कूल में दाखिला ले लिया था | इस बीच निम्मी और मेरी बातचीत भी थोड़ी कम हो गई थी | मैं अपने 12वीं की परीक्षा की तैयारी कर रही थी | परीक्षा पूरी होने के बाद मैं 1 दिन निम्मी के घर गई वहां पर ताला लगा हुआ था लोगों से मैंने पूछा तो लोगों ने बताया कि वह लोग कहां गए हैं किसी को कुछ बताकर नहीं गए | मैं वहां से चली गई मैंने निम्मी को काफी बार फोन भी किया लेकिन उसका नंबर हर बार बंद ही बताता था | काफी समय निकलता गया मैं अब कॉलेज में आ चुकी थी | कॉलेज की परीक्षा देकर मैंने अपनी ग्रेजुएशन की पढ़ाई पूरी कर ली थी | अब मैं पॉलिटेक्निक कर रही थी मेरा फर्स्ट ईयर था एक दिन मैं अपने फोन पर

कुछ काम कर रही थी अचानक से एक नंबर से मुझको कॉल आया | मैंने रॉन्ग नंबर समझकर कॉल कट कर दी उसी नंबर से 6 बार मेरे पास कॉल आया

मैंने सोचा एक बार उठा कर देखती हूं कहीं मेरी जान पहचान का तो नंबर नहीं है | मैंने रिसीव किया कॉल तो आप लोग यकीन नहीं करेंगे वह कॉल निम्मी की थी| मैंने बोला निम्मी उसने बोला हां मधुलिका मैं बोल रही हूं मैंने बोला कहां चली गई थी इतने साल हो गए तुमको देखे हुए तुम्हारा ना ही नंबर लगता है और ना ही तुम अपने घर पर हो काफी बार मैं तुमसे मिलने तुम्हारे घर पर गई थी | वहां ताला लगा था पड़ोसियों से पूछा तो उन्होंने बोला हम को नहीं पता वह लोग किसी को बताकर नहीं गए हैं | निम्मी ने मुझसे बोला मधुलिका मुझको तुमसे मिलना है और मैं अपने घर वापस आ गई हूं | मैंने बोला ठीक है मैं तुमसे मिलने आऊंगी जल्दी 3 दिन बाद रविवार था | मैं निम्मी से मिलने उसके घर गई निम्मी ने मुझको सबसे पहले गले लगाया फिर वह बोली मधुलिका बहुत कुछ बदल चुका है | मेरी लाइफ में मेरी लाइफ में अब कुछ नहीं बचा है | मैंने बोला क्या हुआ मुझे कुछ समझ नहीं आ रहा है साफ-साफ बोलो अचानक मेरी नजर सामने वाली दीवाल पर पड़ी वहां निर्मल के पिताजी की तस्वीर लगी थी | उस तस्वीर पर माला चढ़ी हुई थी मैंने निर्मल से बोला यह कब हुआ | निर्मल बोली पापा नहीं रहे अब इस दुनिया में मैंने बोला क्या हुआ था | वह बोली पापा शराब और गुटखा ज्यादा खाते थे | 1 दिन की बात है पापा को मुंह में छाला हो गया हम लोग डॉक्टर के पास दिखाने गए तो डॉक्टर ने बोला इनको कैंसर हो गया है | एडमिट करवा दो जल्दी से जैसे ही हम लोगों ने उनको एडमिट करवाया ऑपरेशन के लिए थोड़े पैसे कम पड़ रहे थे | मैं घर आई मैंने अपने चाचा जी से पैसे मांगे तो उन्होंने साफ साफ मना कर दिया | इतने में हॉस्पिटल से मेरी मम्मी ने कॉल किया मुझे और बोला जल्दी आ जाओ पापा बहुत सीरियस है | मैं जैसे ही पापा के पास गई डॉक्टर ने बोला पैसों का इंतजाम हो गया है मैंने बोला नहीं थोड़ी देर बाद पापा ने अपना दम तोड़ दिया हॉस्पिटल में | मैंने बोला यार यह तो बहुत गलत हुआ अगर तेरे चाचा पैसे दे देते तो आज अंकल का ऑपरेशन सही से हो जाता | निर्मल रो रही थी मैंने उसको

बोला जो हुआ सो हुआ अब यह बताओ कि इतने साल तुम थी कहां | निम्मी बोली पापा की डेथ के बाद मेरी शादी के लिए रिश्ते आने लगे मैं भी ग्रेजुएशन कर रही थी | फर्स्ट इयर था मेरा पहला रिश्ता मुझको पसंद नहीं आया था दूसरा रिश्ता बिहार से आया था मेरी मौसी ने रिश्ता बताया था | मम्मी भी परेशान थी मैंने मम्मी की वजह से शादी कर ली | शादी होते ही सब सही चल रहा था वहां मैं भी धीरे-धीरे कॉम्प्रोमाइज कर रही थी | 1 साल बाद अचानक से सब चीजें चेंज होने लगी मेरा हस्बैंड रात में घर ही नहीं आता था | एक महीना ऐसे ही चलता रहा मैंने अपनी सास से बोला तो मेरी सास बोली मुझको नहीं पता तेरा पति है तू जाने | मेरे कुछ समझ में नहीं आ रहा था मैंने 1 मिनट के लिए सोचा कि मैं घर पर फोन कर के बोलूं यह बात लेकिन दिमाग में था कि मेरी मां तो पहले से ही बहुत परेशान है | मैं और परेशान नहीं कर सकती उनको 1 दिन की बात है मैं रात भर जागती रही उनका इंतजार करती रही | सुबह जैसे ही वह आए मैंने उनसे बोला क्या चल रहा है यह सब | रात रात भर आप होते कहां पर है तो उन्होंने मुझ को गालियां देना शुरू कर दिया और मुझ को मारा | एक दिन तो हद ही हो गई मैं खाना बना रही थी मैंने खाना दिया तो बोलने लगे मुझसे कि इसमें नमक कम है तुमको क्या खाना बनाना तक नहीं आता है | मैंने थोड़ा सा खा कर देखा मैंने बोला नहीं नमक तो सही है बिल्कुल तो बोलने लगे आज हम बताते हैं कि खाना कैसे बनाते हैं | तवे पर रोटी रखी हुई थी | उन्होंने वह रोटी हटा दी और उस तवे पर मेरा हाथ रख दिया मेरा पूरा हाथ जल चुका था मुझको इतना दर्द हो रहा था कि मैं बेहोश हो गई थी | बेहोश होने के बाद जब मैं ने आंखें खोली तो मैं बेड पर लेटी हुई थी | मेरी सास मेरे बगल में खड़ी थी और मेरा हस्बैंड मेरे बगल में बैठा हुआ था | मेरी सास ने बोला कि बेटा गलती हो गई मेरे बेटे से माफ कर दो उसको आगे से यह सब नहीं होगा | मेरा हस्बैंड भी मुझसे माफी मांग रहा था मेरे दिमाग में यह बात चल रही थी कि शायद यह लोग इसलिए यह सब अब बोल रहे हैं क्योंकि इनको लगता होगा कि कहीं मैं पुलिस में कंप्लेन ना कर दूं | मैंने भी बोला ठीक है एक हफ्ते तक सब सही चलता रहा | रक्षाबंधन का दिन आ गया था मेरा बड़ा भाई मुझसे मिलने के लिए आया था | वह मेरे हस्बैंड से बातें कर रहा था और

पूछ रहा था कि जीजा जी सब कुछ सही है ना | मेरे हस्बैंड भी बड़े प्यार से बात कर रहे थे उससे रक्षाबंधन के दूसरे दिन ही मेरा बड़ा भाई मुझसे बोल रहा था कि अपना ध्यान रखना और कोई भी समस्या हो मुझको कॉल कर लेना | यह बोलकर वह चला गया दूसरे ही दिन मेरे हस्बैंड ने मुझसे बोला मेरे सोने की चेन नहीं मिल रही है कहां चली गई है | मैंने बोला यही तो रखी होगी तो वह बोला तुम देख कर बताओ कहां रखी है | मैंने देखा हर जगह मुझको नहीं मिली मैंने बोला कि आप ढंग से याद करिए कि आपने रखी कहां थी | वह बोला पूरा घर देख लिया है कहीं नहीं मिल रही है ऐसा तो नहीं है कि तेरा भाई लेकर चला गया हो | वैसे भी तेरे घर पर चोर ही चोर है मैंने बोला जुबान संभाल कर बात करो इतना बोलने पर उसने मुझ को मारना शुरू कर दिया | इतना मारा मुझको कि मेरी तबीयत खराब हो गई मुझ को बुखार आ गया | मेरे पति ने डॉक्टर को भी नहीं बुलाया था क्योंकि मेरे हस्बैंड का खुद का एक मेडिकल स्टोर था उसको मेडिकल की पूरी जानकारी थी | जब मुझ को बुखार आया तब उसने मुझको इंजेक्शन लगाया था मुझको नहीं पता वह किस चीज का इंजेक्शन था | क्योंकि मेरी तबीयत हद से ज्यादा खराब हो चुकी थी | 4 दिन बाद मेरा बुखार उतर गया जैसे ही मैं बिस्तर से उठी तो मुझे चक्कर आने लगे शायद मेरे शरीर में खून की कमी हो चुकी थी | मेरी सास ने यह बोला कि तुम लेटी रहो अभी और अपने बेटे को बुलाया और बोला इसको ताकत का इंजेक्शन लगा दो | उसने तुरंत ही इंजेक्शन लगा दिया इंजेक्शन लगाते ही मैं सोती रही 2 दिन तक 2 दिन बाद जब मेरी आंखें खुली और मैंने जमीन पर कदम रखा तो मुझे कुछ दिखाई देना ही बंद हो चुका था | एक इंसान मुझे डबल डबल दिखाई दे रहे थे मेरा सर दर्द से फटा जा रहा था | आंखों के नीचे काले धब्बे आ गए थे | मैं बिस्तर से उठ भी नहीं पाती थी समझ में नहीं आ रहा था कि वह कर क्या रहा है | 1 दिन की बात है सुबह-सुबह मेरे हस्बैंड ने एक और इंजेक्शन निकाला मुझे देने के लिए | मैंने मना कर दिया कि अब मैं इंजेक्शन नहीं लगवाउगी वह जबरदस्ती करने लगा | मैंने चिल्लाना शुरू कर दिया तो मोहल्ले से ही चार पांच लोग आ गए उन्होंने पूछा क्या हुआ है आपकी बहू को मैंने बोला कि यह लोग मुझे जबरदस्ती इंजेक्शन लगा रहे हैं मेरी सास ने

बोला नहीं यह थोड़ी दिमागी रूप से कमजोर हो गई है | तभी ऐसी बातें कर रही है मैंने उन लोगों से बोला आप लोग मेरी मदद करिए मुझको डॉक्टर के पास ले जाइए | मेरी सास ने बोला कि आप लोग जाइए इसकी तो आदत हो गई है यह सब बातें करने की | फिर वह लोग वहां से चले गए और मैं एक कमरे में लेटी रही | 1 दिन की बात है मेरे पति का फोन मेरे बगल पर रखा हुआ था मैंने सोचा चलो जल्दी से घर पर फोन कर लेती हूं | मैंने तुरंत घर पर फोन किया अपने बड़े भाई के पास मैंने बोला जल्दी से मुझको लेने आ जाओ मैं बहुत बीमार हूं | अगर देर हो गई तो क्या पता मैं मर जाऊं यहीं पर दूसरे ही दिन मेरे बड़े भैया आ गए मुझको लेने उन्होंने बोला क्या कर दिया आप लोगों ने मेरी बहन के साथ | तो मेरा हस्बैंड बोला तू तो चुप रह तू तो चोर है | मेरी सोने की चेन लेकर भाग गया था तू | मेरे भाई ने बोला कौन सी सोने की चेन मेरे पास कुछ नहीं है | मेरे पति ने बोला अपनी बहन को लेने आया है लेकर निकल यहां से और दोबारा अपना और इसका मनहूस मुंह मत दिखाना | निम्मी का भाई निम्मी को अपने घर वापस लेकर आ गया निम्मी की मम्मी ने निम्मी से बोला यह क्या हाल बना लिया है अपना क्या हुआ क्या है | इतने साल बाद आई हो यहां पर और इस हालत में निम्मी की मम्मी ने निम्मी के बड़े भाई से पूछा क्या हो गया है इसको और तुम बिना बताए इसको लेने चले गए हमको कितनी चिंता हो रही थी | कुछ तो घर पर बता कर जाते निम्मी के भाई ने बोला कि ऐसी ऐसी बात हुई है वहां पर निम्मी की मम्मी ने बोला की हम अभी कॉल करते हैं वहां पर निम्मी ने साफ मना कर दिया और इतने में निम्मी को चक्कर आ गया | वह वहीं बेहोश हो गई निम्मी कि मम्मी ने तुरंत डॉक्टर को बुलाया और डॉक्टर से बोला पता नहीं इसको क्या हो गया है | अचानक से चक्कर आ गए डॉक्टर ने निम्मी को देखा और बोला इसको बहुत तेज बुखार आ गया है हम दवाई दे रहे हैं 2 दिन की 2 दिन बाद अगर यह सही हो जाए तब हम और दवाई लिख देंगे कमजोरी की अगर यह सही नहीं हुई तब तो आप इसको हॉस्पिटल में लेकर जाए | डॉक्टर ने निम्मी को दवाई दी 2 दिन बाद निम्मी थोड़ी ठीक हो चुकी थी अब उसकी और भी दवाइयां चल रही थी | 1 दिन की बात है निम्मी के पेट में अचानक से बहुत दर्द होने

लगा निम्मी की मम्मी लेडीस डॉक्टर के पास निम्मी को लेकर गई वहां लेडीस डॉक्टर ने निम्मी का चेकअप किया और बोला 2 दिन बाद रिपोर्ट लेने आ जाना | निम्मी घर आकर आराम करने लगी दो दिन बाद जब निम्मी अपनी रिपोर्ट लेने डॉक्टर के पास गई तब डॉक्टर ने उससे बोला कि आपको कौन सी दवाई दी जा रही थी | मम्मी ने बोला मुझको मेरे हस्बैंड दवाई दे रहे थे और साथ में इंजेक्शन दे रहे थे | मुझको कुछ नहीं पता कि मुझको कौन सी दवाई और इंजेक्शन दिए जा रहे थे | डॉक्टर बोली कि आपको गलत मेडिसिन और गलत इंजेक्शन दिए जा रहे थे अगर यह 2 दिन तक और दिए जाते तो आपकी बच्चेदानी पूरी खराब हो जाती | आप कभी मां नहीं बन पाते यह सुनकर निम्मी बहुत जोर से रोने लगी और उसके पैरों तले जमीन खिसक गई | वह रिपोर्ट लेकर घर आए उसने अपनी मम्मी को सब कुछ बताया कि डॉक्टर ने यह बताया है अब उसकी मम्मी को भी समझ नहीं आ रहा था कि करना क्या है | आगे उसकी मम्मी भी बहुत टेंशन में आ गई थी | काफी महीने हो गए निम्मी के ससुराल से कोई भी कॉल नहीं आ रहा था | 1 दिन निम्मी के बाहर जाते ही निम्मी की मम्मी ने निम्मी के ससुराल पर फोन किया और बोला कि आपकी बहू है कैसी है किस हाल में है आप लोगों ने तो एक कॉल तक नहीं किया | आप लोग ऐसे कैसे कर सकते हैं मेरी बेटी के साथ | निम्मी के हस्बैंड ने निम्मी की मां को गंदी गंदी गालियां दी और बोला कि अब हमको तुम्हारी बेटी से कोई मतलब नहीं है वह अब मेरे साथ नहीं रह सकती है मैं उसको जल्द ही तलाक देने वाला हूं | यह सुनकर निम्मी की मम्मी के हाथों से फोन गिर गया और वह बहुत गुस्से में आ गई | इतने में निम्मी आ गई उसने जमीन पर गिरा हुआ फोन उठा लिया हेलो बोला लेकिन वहां से फोन कट हो चुका था | फिर उसने देखा कि मेरी मम्मी ने कहा फोन किया था तब वह समझ गई कि यह तो मेरे ससुराल का नंबर है | उसने अपनी मम्मी से बोला आपने वहां कॉल क्यों किया वह बोली तेरा पति बोल रहा है कि वह तुझको तलाक दे देगा | निम्मी ने भी बोल दिया मुझको भी ऐसे घर में नहीं जाना है | निम्मी की मम्मी बोली सोच समझ लो पूरी जिंदगी मायके में तुम नहीं रह सकती हो लोग क्या बोलेंगे | निम्मी बोली तो कोई बात नहीं मैं जॉब

करूंगी और अलग रह लूंगी मेरी वजह से आपको भी तकलीफ होगी और मैं आपको तकलीफ में नहीं देख सकती हूं यह बोलकर छत पर चली गई और रोने लगी | थोड़ी देर बाद निम्मी कि मम्मी मिलने छत पर गई निम्मी के पास निम्मी बोली मेरी गलती नहीं है कोई भी फिर भी इतना सहन किया ताकि आपको तकलीफ ना हो | आज मैं तकलीफ में हूं तो आप मुझे वही मरने के लिए भेज दे रही है | पापा के जाने के बाद मैंने आपको ही सब कुछ मान लिया था अब ऐसी हालत में एक मां अपनी बेटी का साथ नहीं देगी तो कौन देगा | इतना बोलते ही निम्मी की मम्मी ने बोला कि ठीक है | तुमने अगर तलाक के बारे में सोच लिया है तो यही सही है | हम तुम्हारा साथ देंगे एक हफ्ते बाद निम्मी ने तलाक के लिए अर्जी डाल दी कोर्ट में जो औरत निम्मी का केस लड़ रही थी वह एक महिला वकील थी | वह निम्मी की सारी तकलीफ समझ रही थी निम्मी ने सारी बातें बता दी थी कि उसके साथ क्या-क्या हुआ है | अब केस की सुनवाई भी होने लगी थी निम्मी कि वकील ने निम्मी के हस्बैंड पर फिजिकल वायलेंस डोमेस्टिक वायलेंस और दहेज का केस कर दिया था | निम्मी की वकील ने निम्मी से पहले ही बोल दिया था कि मैं तुम्हारे पति पर यह यह केस लगा रही हूं | निम्मी ने भी बोल दिया था मैडम जैसा आपको सही लगे आप वैसा ही करिए | अब केस शुरू हो चुका था 1 हफ्ते एक महीना 1 साल 5 साल हो चुके थे | केस लड़ते-लड़ते कोर्ट की तरफ से निर्मल के पति को एक लीगल नोटिस दिया गया था | उसको कोर्ट में हाजिर होना था लेकिन वह एक भी तारीख पर हाजिर नहीं हुआ था | मैंने निम्मी से बोला कि यह केस इतना लंबा क्यों जा रहा है 5 साल हो गए हैं कहीं रिस्पांस नहीं आ रहा है | मैंने बोला कि तेरे पैसे भी खर्च हो रहे हैं निम्मी बोली मुझे कुछ समझ में नहीं आ रहा है मैं क्या करूं | मैंने बोला तो वकील चेंज कर यह वकील सही नहीं लग रही है निम्मी बोली मुझे भी यही लग रहा है | तब मम्मी ने दूसरे वकील देखना शुरू कर दिया अब मम्मी को दूसरा वकील मिल चुका था | दूसरे वकील निम्मी से बोला कि तुम्हारा जो पहले केस लड़ रही थी उसने एक फाइल बनाई होगी वह मुझे लाकर दो ताकि मुझे पता चले कि तुम्हारी वकील ने कौन-कौन से केस तुम्हारे पति पर लगाए थे | निम्मी ने फाइल अपने वकील

को ला कर दे दी | अब यह केस दोबारा शुरू हो चुका था इस केस को अब 3 साल और लग गए | अब निम्मी की हालत और बुरी हो चुकी थी उसके पास पैसों की कमी भी हो गई थी | जॉब तो कर रही थी लेकिन इतना पैसा नहीं आ पा रहा था वह वकील बार-बार तारीख के बहाने निम्मी को बुलाता था और उससे पैसे लेता था | काफी समय इसी में ही लग गया एक दिन निम्मी को बहुत गुस्सा आया और वह बोली कि हमें केस नहीं लड़ना है | आप मुझको मेरी फाइल वापस कर दीजिए अब उस वकील ने वह फाइल देने से साफ मना कर दिया और यह बोल दिया अबकी बार हम तुमको इंसाफ दिलाएंगे तुम्हारा तलाक करवा देंगे | निम्मी ने भी वकील पर यकीन कर लिया 1 दिन की बात है निम्मी को वकील ने बुलाया कि तुम्हारी तारीख है तुम जल्दी आ जाओ | निम्मी यह सुनकर अपने वकील से मिलने चली गई उस दिन उसके वकील ने उसको जल्दी बुला लिया था निम्मी भी चली गई थी | उसको लगा कि आज शायद कुछ केस में तरक्की हो कुछ आगे बढ़ जाए एक उम्मीद लेकर घर से निकली थी | वह जब उस वकील के पास गई तब उस वकील ने निम्मी को अपने केबिन में बुलाया और बोला अभी थोड़ा समय है तुम जब तक यहीं बैठो उस समय केबिन में सिर्फ निम्मी ही बैठी थी | अचानक से उसके वकील ने उसकी तरफ देख कर मुस्कुराना शुरू कर दिया निम्मी अपने फोन में अपनी मम्मी से बातें कर रही थी | काफी देर हो चुकी थी निम्मी बोली और कितनी देर लगेगी | उसका वकील उसके बगल में आकर बैठ गया और बोला क्या मैं तुमको छू सकता हूं | निम्मी के पैर के नीचे से जमीन गई खिसक गई उसको कुछ समझ में नहीं आ रहा था कि उसके साथ हो क्या रहा है | निम्मी बहुत ही डर गई थी उसने तुरंत बोला यह आप क्या बोल रहे हैं दूर हटो निम्मी के वकील ने उसके साथ और बदतमीजी देना शुरू कर दी और उसके चेस्ट पर हाथ रख दिया | निम्मी ने तुरंत अपने वकील को धक्का मार दिया और वहां से भाग गई | जब निम्मी अपने घर आई तब उसने अपनी मम्मी को सारी बातें बताई कि उसके साथ क्या-क्या हुआ था आज | वह अपनी मम्मी के गले लग कर खूब रोई उसकी मम्मी ने बाद में उसको समझाया कि अकेली लड़की का लोग ऐसे ही फायदा उठाते हैं | तुम को अंदर से स्ट्रांग होना पड़ेगा और आज

से तुम कभी भी अकेले कोर्ट नहीं जाओगी मैं तुम्हारे साथ जाऊंगी | तब निम्मी जितनी बार कोर्ट गई उतनी बार उसकी मम्मी उसके साथ कोर्ट गई | उसकी मम्मी ने वकील से कुछ नहीं बोला इसलिए क्योंकि निम्मी की फाइल वकील के पास अभी भी थी | निम्मी की मम्मी ने साफ-साफ वकील से बोल दिया अब तुम मेरा केस नहीं लड़ोगे फाइल वापस करो निम्मी के वकील ने बोला मैडम माफ कर दीजिए | एक चांस और दे दीजिए निम्मी की मम्मी ने साफ मना कर दिया मम्मी की मम्मी ने वकील से बोला तुम्हारे पास सिर्फ 1 हफ्ते का समय है 1 हफ्ते के अंदर यह तालाब करवाओ नहीं तो मेरी फाइल वापस करो | अब वकील समझ चुका था कि यह लोग समझ चुके हैं कि मैं इनको पैसों में लूट रहा हूं | 1 हफ्ते के अंदर अंदर निम्मी के वकील ने निम्मी का तलाक करवा दिया | अब निम्मी खुश तो बहुत थी क्योंकि उसका जो रिश्ता था उसमें उसका दम घुट रहा था अब वह आजाद थी | जॉब भी कर रही थी अब उसके लिए रिश्ते आ रहे थे लेकिन वह हर रिश्ते के लिए मना कर दे रही थी क्योंकि उसको यह लग रहा था कि कहीं फिर से उसकी जिंदगी में कोई ऐसा इंसान ना आ जाए जो उसकी जिंदगी बर्बाद कर दे | निम्मी की मम्मी ने साफ साफ बोला कि बेटा हर कोई इंसान एक जैसा नहीं होता है | एक बार खुद को एक चांस देकर तो देखो क्या पता तुम्हारी जिंदगी में अबकी बार सही इंसान आए जो तुमसे प्यार के साथ-साथ तुम्हारी इज्जत भी करें | निम्मी ने अपनी मम्मी की बात मान ली और उसने खुद को एक और मौका दिया अबकी बार जो इंसान निम्मी की जिंदगी में आया था वह निम्मी के लिए ढेर सारी खुशियां लेकर आया था | आज निम्मी की शादी हो चुकी है आज वह अपनी शादी से बहुत ही खुश है लेकिन दोस्तों कहानी में एक नया मोड़ आना ही था एक ऐसा मोड़ जो हर लड़की की जिंदगी में आता ही है| निम्मी की कहानी यहीं खत्म नहीं हुई अभी उसको आगे और भी लड़ाई लड़नी थी | जैसे हम सोचते हैं अपनी जिंदगी के बारे में कि हमारा स्ट्रगल यही तक ही था अब हमारी जिंदगी में खुशियां आएंगी लेकिन ऐसा नहीं होता है| उतार-चढ़ाव हर मोड़ पर आते हैं अब निम्मी को नया घर मिल चुका था नए लोग मिल चुके थे इसका अलग अलग तरह का व्यवहार था | आज निम्मी अपनी जिंदगी में खुश थी लेकिन

उसको नहीं पता था कि उसके साथ आगे और क्या क्या होने वाला है | शादी के दूसरे ही दिन निम्मी ने मुझे कॉल किया वीडियो कॉल उसने मुझसे पूछा कि यार तूने मुझे कल वीडियो कॉल किया था | उसका आंसर मैं नहीं दे पाई थी तो मैंने बोला कोई बात नहीं गलती मेरी है मुझे शादी के समय वीडियो कॉल नहीं करनी चाहिए थी | मैं और मम्मी आराम से बातें कर रहे थे निम्मी ने मेरे पापा से भी बात की वीडियो कॉल पर मम्मी पापा ने उसको आशीर्वाद दिया बगल में ही निम्मी का पति भी बैठा हुआ था उनको भी मैंने शादी की ढेर सारी मुबारकबाद दी | फिर निम्मी से मैंने बोला चलो अब तुम आराम कर लो मैं तुमसे बाद में बात करूंगी निम्मी ने बोला ठीक है जैसे ही मैं अपने ससुराल जाऊंगी मैं तुमको फ्री होकर कॉल करूंगी तो मैंने कहा ठीक है | काफी समय तक मैंने निम्मी को कॉल ही नहीं किया क्योंकि मैं जानती हूं कि जब किसी लड़की की शादी हो जाती है तो उसकी लाइफ कुछ और ही हो जाती है | उसे अपने सास ससुर और हस्बैंड सब को संभालना पड़ता है मैं निम्मी के कॉल का वेट कर रही थी काफी टाइम तक निम्मी का कॉल ही नहीं आया ना ही वह अपने व्हाट्सएप पर कोई मैसेज करती थी और ना ही फेसबुक पर | मैं सोचती थी कि उसको मैसेज करूं लेकिन मेरे दिमाग में यह बात चलती थी कि कहीं मैंने कुछ उससे पूछा मैसेज पर और उसके पति ने वह मैसेज देख लिया तो नॉर्मल सी बात है | आजकल के समय पर ज्यादातर लोग यह बोलते हैं कि यह तुम्हारी बेस्ट फ्रेंड है परिवार की बातें यह तुमसे क्यों पूछती है | इसीलिए मैं सोच समझकर उससे बात नहीं करती थी | 1 दिन की बात है निम्मी का खुद कॉल आया मुझको मैंने उससे पूछा कि ससुराल में सब कुछ सही चल रहा है तो उसने बात को पलट दिया | मैंने बोला आस पास कोई है क्या उसने इशारा करके मुझको समझा दिया कि मेरे आस-पास लोग बैठे हैं मैं समझ चुकी थी इसलिए मैंने बोला और सब सही है तो उसने बोला हां सब सही है | निम्मी की भारी आवाज से मुझको यह पता चल रहा था कि कहीं कुछ ना कुछ ऐसा है जो मुझसे वह छुपा रही है | लेकिन मैंने उस समय उससे कुछ पूछा नहीं क्योंकि मुझे ऐसा लग रहा था कि कोई भी बात करने के लिए यह समय सही नहीं है | यह पूछ कर निम्मी ने मुझसे बोला कि मधुलिका मैं तुझसे थोड़ी देर बाद

बात करुंगी यह बोलकर उसने फोन काट दिया | काफी दिनों तक निम्मी ने मुझे कोई कॉल या कोई मैसेज नहीं किया | मैंने अपनी मम्मी को यह बातें बताई तो मम्मी ने बोला कि शादी के बाद हर लड़की की जिंदगी चेंज हो जाती है वह अपनी जिम्मेदारी समझने लगती है | मम्मी की यह बातें सुनकर मैं भी शायद समझ चुकी थी कि अब पहले जैसा कुछ नहीं रहा | दिन होते चले गए निम्मी का कोई कॉल नहीं आता था ना ही वह मुझे मैसेज करती थी | 1दिन की बात है मैं सो रही थी दिन में उसका अचानक से मुझको कॉल आया मैंने बोला और बताओ सब सही है तो उसने भारी आवाज में बोला कि हां ठीक है | मैंने बोला नहीं मुझको लग रहा है कुछ तो छुपा रही हो तुम बताओ क्या हो गया तो उसने मुझसे बोला यार मैं बहुत परेशान हूं | फिर मैंने उससे पूछा कि जिस समय मैंने तुम्हें कॉल किया था उस समय ही मुझे लगा था कि कुछ तो बात है | जो तुम मुझसे छुपा रही हो तुम्हारी बातों से पता चल रहा था कि तुम अंदर से परेशान हो लेकिन मैंने कुछ पूछा नहीं तुमसे क्योंकि मैं जानती हूं तुम्हारी शादी हो चुकी है | तुम सबके सामने खुलकर बात नहीं कर पाऊंगी अब मुझे बताओ कि हुआ क्या है तब निम्मी ने मुझसे बोला यार मेरे पति की तबीयत बहुत ज्यादा खराब रहती है शादी से पहले ही बहुत ज्यादा खराब थी | मेरे पति की तबीयत मैंने बोला क्यों तुम लोगों ने कुंडली नहीं दिखाई थी क्या शादी से पहले तो उसने बोला कुंडली में कुछ भी कमी नहीं है | इनकी तबीयत खराब रहती है तो मेरे ससुराल में मेरी नंद यह बोलती है कि भाभी का पैर ऐसा है कि घर पर पढ़ते ही साथ अपशगुन वाली चीजें होने लगी मेरे भाई की तबीयत खराब होने लगी | निम्मी ने मुझसे बोला यार मुझको तो कुछ समझ में नहीं आ रहा है कि हो क्या रहा है | मैंने बोला कि कोई बात की टेंशन मत लो सब सही हो जाएगा तो उसने कहा बात यहां खत्म हो जाते तो मैं शांत भी हो जाती | मुझको तो मेरे पति का ही नहीं समझ में आ रहा है की शादी से पहले यह सही थे शादी के बाद अचानक से इनको क्या हो गया है | मैंने बोला ऐसा क्या हो गया तू ऐसी क्यों बातें कर रही है | फिर निम्मी ने मुझे बताया कि यार 1 दिन की बात है यह अपनी दुकान से वापस आए तो यह अपनी बड़ी बहन से बातें कर रहे थे | अचानक से दोनों भाई बहनों में लड़ाई होने लगी | यह खाना

खाते समय बोल रहे थे |अपनी बहन से कि आप बार-बार चप्पल पहन के मत आओ जब कोई खाना खाता है तो वहां चप्पल पहन कर नहीं आना चाहिए खाने का अपमान होता है | इतनी सी बात में दोनों भाई बहनों में लड़ाई होने लगी इनकी बड़ी बहन ने इनको गालियां देना शुरू कर दी और इन्होंने भी गालियां देना शुरू कर दिया | दोनों भाई बहनों में बहुत बुरी तरह लड़ाई होने लगी इतने में इनको गुस्सा आ गया और उन्होंने खाने की थाली दीवाल पर फेंक कर मार दी | मैं काफी डर गई थी क्योंकि यह सब मैं पहली बार देख रही थी | मैंने सोचा नहीं था इनका व्यवहार इस तरह का होगा | थोड़ी देर बाद यह अपने कमरे में बिना खाना खाए चले गए | मैं भी अपने कमरे में चली गई मैंने उनसे पूछा कि हुआ क्या है तो उन्होंने मुझसे बात करना ही बंद कर दिया | 3 दिन तक इन्होंने मुझसे बिल्कुल भी बात नहीं की सच बताऊं तो मधुलिका मुझे तो कुछ समझ में ही नहीं आ रहा था कि मेरी गलती क्या है | चौथे दिन उन्होंने मुझसे बात करना शुरू किया | मैंने बोला कि तुमने मुझसे बात करना क्यों बंद कर दिया था मेरी क्या गलती थी | तो इन्होंने बात को घुमा दिया उस बारे में बात ही नहीं की फिर सब कुछ सही चल रहा था | 1 दिन की बात है मैं घर में काम कर रही थी यह अपनी दुकान बंद कर के जल्दी आ गए थे | मैंने इनको खाना दिया था इन्होंने खाना नहीं खाया मैंने पूछा क्या हुआ खाना खा लीजिए | इन्होंने बात ही नहीं की मुझसे सब को खाना खिलाने के बाद उस दिन मैंने खाना नहीं खाया क्योंकि इन्होंने खाना नहीं खाया था | जैसे ही मैं अपने कमरे में गई और बिस्तर पर जाकर सो गई फिर जब सो के उठे तो मैंने उनसे बात करने की बहुत कोशिश की उन्होंने मुझसे बात नहीं की आखिरी में मैं रोने लगी | मैंने कहा कि अब मैं अपने मायके जा रही हूं | मैं यहां नहीं रखूंगी तो इन्होंने मुझसे बोला तुमको क्या हुआ है मैंने तो तुम्हारे ऊपर गुस्सा भी नहीं किया हाथ भी नहीं उठाया तो तुम क्यों रो रही हो | तो मैंने बोला क्या सिर्फ इतनी सी ही बात है | आप मुझसे किस चीज का बदला ले रहे हैं | मुझसे बात क्यों नहीं कर रहे हैं | तो उन्होंने बोला मैं थोड़ा परेशान हूं तो मैंने बोला मुझसे बताइए हम मिलकर कोई ना कोई हल जरूर निकालेंगे बस इतनी सी बात हुई हमारे बीच में सब कुछ सही चलने लगा था अचानक से पता नहीं

मधुलिका इनको क्या हो जाता है मुझको तो कुछ समझ में नहीं आता है | 1 दिन की बात है यह बहुत ज्यादा शराब पीकर घर आ गए थे मैं बैठी हुई थी | मेरी नंद मुझसे काम करवा रही थी और मैं काम करती जा रही थी | अचानक से यह आए और उन्होंने मुझको मारना शुरू कर दिया मेरे तो कुछ समझ में नहीं आया कि मेरी गलती क्या है | मेरी नंद ने मुझको बचाने की कोशिश भी नहीं की मैं बोलती जा रही थी मुझको मत मारो मुझको मत मारो लेकिन लगातार मुझको मारते जा रहे थे | फिर अंदर से मेरी सास मेरी आवाज सुनकर बाहर आई उन्होंने इन को रोका और बोला हुआ क्या है क्यों जानवर की तरह मार रहा है इसको पागल हो गया है | मेरे पति ने अपनी मां को धक्का मारा और अंदर कमरे में चले गए | उस दिन बहुत ज्यादा रोए मैं मुझको यह लग रहा था कि मेरी किस्मत इतनी ज्यादा खराब है | शुरू से ही स्ट्रगल करते करते यहां तक आई सोचा कि थोड़ी सी खुशी मिलेगी लेकिन समझ में नहीं आ रहा था कि मेरी गलती क्या है कहां गलती हो रही है मुझसे | जब भी अकेले होती थी तो सोचती थी कि भगवान ने लड़कियों को कैसे किस्मत दी है की एक के बाद एक समस्या मेरे जिंदगी में थी | मेरे पति बिना बोले दुकान चले जाते थे और मुझसे बात नहीं करते थे कुछ खाना देती थी वह खाते थे और सो जाते थे | काफी दिनों तक मुझे कुछ समझ में ही नहीं आ रहा था | जब भी मैं अपने मम्मी के घर जाने की बात करती थी सब लोग मना कर देती थे कि अब तुम्हारा घर यही है | जो भी है यही देखना है तुमको तुम्हें तुम्हारी मम्मी के घर नहीं जाना है | तो मैं अपनी मग्गी रो सारी बातें फोन पर ही कर लेती थी | मेरी मां भी यही बोलती थी कि बेटी को शादी के बाद हर जगह अर्जेस्ट करना ही पड़ता है | उस दिन निम्मी ने अपनी दिल की सारी बातें मुझसे बोली थी | दोस्तों यहां मैं आपको एक बात बता दूं की हम लड़कियों को भगवान ने अगर सहनशीलता दी है तो उतनी ही शक्ति भी दी है | गलत चीजों को रोकने के लिए | जो लोग बर्दाश्त करते हैं | वह जुल्म करने वाले से ज्यादा गलत होते हैं | बर्दाश्त करो जहां तुम्हारी गलती है वहां अपनी गलती मान लो क्योंकि गलती मान लेना ही बहुत बड़ी बात होती है | लेकिन किसी की मार और गालियां सहन कभी मत करो | मैं यह बात निम्मी को भी समझाना चाहती थी

लेकिन यह बात समझने के लिए वह समय सही नहीं था वह ऑलरेडी इतनी ज्यादा परेशान थी कि मैं उसको कुछ समझा ही नहीं पा रही थी | उसने जितनी बातें मुझको बोली उससे मेरे दिमाग में यह बात चल रही थी कि शादी के बाद सच में लड़की की जिंदगी बहुत ज्यादा चेंज हो जाती हैं | निम्मी ने उस दिन यह सारी बातें बता कर मुझसे बोला कि यार अब मैं तुझसे बाद में बात करूंगी तब मैंने निम्मी को समझाया तुझको जब लगता है कि मेरे आस पास कोई नहीं है | जिससे मैं अपनी समस्या बता पाऊं तो तू तुरंत मुझको कॉल किया कर मैं हर समय तेरे साथ रहूंगी | जब भी तुझको लगे तब मुझे कॉल कर | चाहे वह रात हो या दिन हो मैं तुझ से बात करूंगी तुझे समझूंगी भी बस उस दिन मेरी निम्मी से इतनी ही बात हुई थी | दोस्तों मैं आपको यह बात बता दूं कि जब भी ऐसी कोई सिचुएशन आती है | तो हम यह बात अपनी मां से बहन से दोस्तों से ही बोल पाते हैं | क्योंकि हमारा दिल बोलता है कि हम अगर इनको यह बात बताएंगे तो यह समझेंगे लेकिन 70% लोग एडजेस्टमेंट करने को बोलते हैं की अर्जेस्ट करो सब सही हो जाएगा अभी है थोड़ा अर्जेस्ट करोगी तो सब सही हो जाएगा | लेकिन ऐसा कुछ नहीं होता | अर्जेस्ट करने से सिचुएशन और ज्यादा खराब होती जाती है लड़की को एक के बाद एक एडजस्टमेंट करनी पड़ती है जिसकी वजह से या तो वह हार जाती है या तो सुसाइड कर देती है हम यह बात किसी अपने से बताते हैं तो यह उम्मीद रखते हैं कि वह हमें समझेगा लेकिन ऐसा नहीं होता है | इस वजह से सामने वाला और हार मान लेता है | अब मम्मी को कुछ समझ में नहीं आ रहा था कि क्या करना है | कुछ दिन तक इसी इंतजार में रही कि अब सब सही हो जाएगा अब सब सही हो जाएगा लेकिन हर दिन कुछ ना कुछ ऐसा होता था जिसकी वजह से वह अंदर से दुखी सी होती जा रही थी | जब भी मैं उसको कॉल करती थी कम बात करती थी और बोलती थी मधुलिका मैं तुझसे बाद में बात करूंगी मुझे अभी काम है | उसकी बातों से यह लगता था कि वह काफी हद तक परेशान हो चुकी है लेकिन कुछ बोल नहीं पा रही है | एक बार की बात है मैंने उसे कॉल किया तो उसने मुझसे कहा यार मधुलिका यह लोग मुझे मेरी मम्मी के पास जाने नहीं दे रहे हैं | मेरी मां बहुत ज्यादा बीमार है जहां वह काम

करती थी झाड़ू पोछा खाना बनाने का वहां से उनको निकाल दिया गया है | यह बोलकर कि अब तुम्हारी उम्र हो गई है अब यहां पर तुम काम नहीं कर सकती हो | निम्मी ने मुझे बताया कि उसकी मम्मी ने उससे बोला है कि घर की हालत अभी खराब है | हम दवाई नहीं करवा पा रहे हैं लेकिन तुम चिंता मत करो बेटा हम सब संभाल लेंगे यहां पर | निम्मी ने मुझसे बोला मधुलिका मुझको पता है कि मम्मी की तबीयत ज्यादा खराब है छोटा भाई कुछ कमा नहीं रहा है और बड़े वाले भाई घर छोड़ कर चले गए हैं | समझ नहीं आ रहा है कि करूं तो करूं क्या उस समय मैंने निम्मी से बोलना कि टेंशन मत लो मैं हूं तुम्हारे साथ मैं जाऊंगी तुम्हारे घर तुम्हारी मम्मी को देखने उनकी दवा करवाने मैं चली जाऊंगी तुम टेंशन मत लो | दूसरे दिन बिना घर में कुछ बताएं दवाई लेने चली गई निम्मी की मम्मी के लिए | मैंने दवाई ली फ्रूट्स लिए और निम्मी के घर चली गई वहां जाकर पता चला कि निम्मी की मम्मी घर पर नहीं है | तो वह दवाई और फ्रूट मैं निम्मी के छोटे भाई को देकर चली गई और बोल दिया कि यह दवाई और फ्रूट्स अपनी मम्मी को दे देना उसके छोटे भाई ने मुझसे पूछा भी यह किस लिए दे रही है दीदी मैंने बोला बस अपनी मम्मी को यह दे देना और बोलना टाइम से दवाई खाएं टेंशन ना ले किसी भी चीज की | इतना बोल कर मैं वहां से चली गई मैंने अपने घर पर यह बात नहीं बताई थी | क्योंकि मैं जानती थी अगर मैंने यह बात घर पर बताई तो मेरे मम्मी और पापा को यह पसंद नहीं आएगा क्योंकि कोई भी माता-पिता यह नहीं चाहेंगे कि हमारी लड़की किसी भी दलदल में फंसे | लेकिन जिस समय निम्मी को उसकी मम्मी ने यह बात बताई कि बेटा मधुलिका आई थी | वह हमारे लिए दवाई और फ्रूट्स दे गई है उसी समय निम्मी का कॉल आया मेरे पास और वह बोली बहुत-बहुत थैंक यू तुम अगर आज नहीं होती तो पता नहीं मेरी मम्मी की तबीयत और ज्यादा बिगड़ जाती | मैंने बोला कोई बात नहीं मैं तुम्हारी दोस्त हूं तुम्हें जब भी ऐसा लगे तुम मुझे कॉल करके बता शक्ति हो | मैं तुम्हारी मदद हरदम करूंगी | उस समय मेरे मम्मी भी अचानक मेरे कमरे में आ गई और उन्होंने सब सुन लिया | मेरी मम्मी को पता चल गई यह बात और मेरी मम्मी ने बोला कि अगर कुछ ऐसा हुआ कभी तो तुम हमें बता

दिया करो | हम मना नहीं करेंगे लेकिन चुपके से चोरी से ऐसा काम मत किया करो बता कर जाया करो | आज हमें तुम्हारी चिंता हो रही थी कि तुम देर से आई थी | मैंने अपनी सारी बातें बता दी अपनी मम्मी को और सॉरी भी बोल दिया और बोला कि अगली बार जब कुछ भी ऐसा होता हैं तो मैं आपको सारी बातें साफ-साफ बता दूंगी | दूसरे ही दिन निम्मी की मम्मी का कॉल आया और उन्होंने बोला बेटा इन सब चीजों की क्या जरूरत थी | हम सही है मैंने बोला कोई बात नहीं आंटी आपको जब भी ऐसा कुछ लगता है आप प्लीज मुझको कॉल करके बता सकती हैं कि बेटा यह प्रॉब्लम है | आप बिल्कुल भी टेंशन मत लीजिएगा किसी भी चीज की कमी हो आप तुरंत मुझको बता दिया करिए | निम्मी यहां नहीं हुई तो क्या हुआ एक और बेटी है आपकी यहां पर आपको जब भी लगे आप मुझे कॉल करके अपनी तकलीफ बता सकती हैं | उसकी मम्मी ने मुझसे बोला बहुत-बहुत धन्यवाद बेटा मैंने बोला कोई बात नहीं एंटी धन्यवाद मत दीजिए आशीर्वाद दे दीजिए अपना | उस दिन निम्मी की मम्मी से मेरी इतनी ही बात हुई थी | निम्मी का 1 हफ्ते 1 महीने तक 4 महीने तक कोई भी कॉल या मैसेज नहीं आ रहा था मैं भी अपने काम में बिजी थी | उस समय मेरे कॉलेज के एग्जाम शुरू होने वाले थे | मेरा पूरा ध्यान उस समय सिर्फ और सिर्फ मेरी पढ़ाई पर था | काफी समय तक निम्मी का कोई कॉल नहीं आ रहा था मेरे पास ना ही मैं कर रही थी | मुझको लग रहा था लगता है सब कुछ सही चल रहा है | उसकी जिंदगी में शायद उसको कोई तकलीफ ना हो यही सोच सोच कर मुझको अंदर से काफी अच्छा लगता था | मैं भी अपने दोस्तों में बिजी हो गई थी सब कुछ तरीके से सही सही चल रहा था | लेकिन वह बोलते हैं ना कि कहीं ना कहीं कुछ ना कुछ जब अच्छा होता है तो उसके बाद बुरा भी होता है | उसके लिए इंसान को अपने आप को पहले से ही तैयार कर लेना चाहिए | क्योंकि हर किसी की लाइफ में हरदम के लिए खुशियां नहीं होती है कभी ना कभी उसको दुखों का सामना करना पड़ता है | यही सब चीजें आगे भी निम्मी के साथ होने वाली थी | एक बार की बात है उसके घर वालों ने उससे कहा कि बेटा तुम काफी समय तक यहां पर हो अब तुमको घूमने जाना चाहिए अपने पति के साथ उसने बोला अपनी सांस

से मम्मी जी यह बात आप अपने बेटे से बोलिए क्योंकि वह मुझको कहीं पर लेकर ही नहीं जाते है | उसी रात जब यह दुकान से घर आए खाना खाने के बाद रात में मैंने उनसे बोला कि मम्मी जी बोल रही थी शादी के इतने साल हो गए हैं | अब हमको कहीं घूमने जाना चाहिए तो इन्होंने भी बोल दिया कि हां ठीक है | टाइम निकाल कर चलते हैं |1 हफ्ते के लिए बाहर मैं उस समय बहुत ज्यादा खुश थी | मुझे लग रहा था कि अब सब सही होने वाला है | निम्मी ने दूसरे ही दिन मुझे कॉल किया और बोला यार हम लोग शिमला जा रहे हैं | मैंने बोला यह तो बहुत अच्छी बात है अच्छे से इंजॉय करना | उसने बोला हां यार मैं तुझे खूब सारी अपनी फोटो भेजूंगी मैंने बोला हां तू बस इंजॉय कर जाकर | तो उसने बोला हां यार एक हफ्ते बाद मैं तुझसे आराम से बात करूंगी मैंने बोला ठीक है | एक हफ्ते बाद मैं कॉल का वेट कर रही थी और सोच रही थी कि अब निम्मी मुझे कॉल करके वहां के हाल-चाल बताएगी लेकिन उसका कोई कॉल नहीं आया | मैंने सोचा यार वहां से आने के बाद बिजी होगी नहीं कर पाई होगी कॉल तो मैं भी अपने काम में बिजी हो गई | उस समय मेरे घर में शादी का माहौल था मेरी बीच वाली बहन की शादी थी | हम सब लोग शादी की तैयारी में लगे हुए थे | एक दो बार निम्मी का कॉल भी आया मेरे पास लेकिन मैंने उसकी कोई कॉल का आंसर नहीं दिया | मैं अपने घर के काम में हद से ज्यादा बिजी थी 2 हफ्ते बाद मैंने फिर से कॉल किया | उसने मुझसे बोला यार मैं तुझसे बाद में बात करूंगा ठीक है | 4 दिन बाद उसका कॉल आया मैंने बोला क्या हुआ उसने बोला यार मेरा फोन क्यों नहीं उठा रही थी | मैंने बोला यार मेरी दीदी की शादी दी थी | इसलिए मैं कॉल नहीं उठा पा रही थी तुझको इनवाइट करना चाहती थी लेकिन जानती हूं तेरे ससुराल वाले तुझको आने नहीं देंगे | उसने कहा शादी कैसी रही मैंने बोला शादी बहुत अच्छी थी सब कुछ अच्छे से हो गया | मैंने बोला और बता कैसी रही तेरी शिमला की वेकेशन उसने बोला यार सही नहीं रही बहुत गड़बड़ हो गई मेरे साथ | मैंने बोला क्या हो गया | उसने बोला यार हम लोग वहां शिमला में पहुंचे ही थे फिर इन्होंने हद से ज्यादा ड्रिंक कर ली वहां और मुझको छोड़कर कहीं चले गए थे | मैं काफी समय तक कॉल मैसेजेस करती रही इनको लेकिन मुझ को यह

नहीं पता चल रहा था कि यह गए कहां है | अनजान जगह ऊपर से यह मुझे छोड़कर चले गए थे | दूसरे दिन जब वापस आए तो मैंने बोला क्या हुआ मैंने बोला कहां चले गए थे आप तो इन्होंने मेरे ऊपर वहीं पर हाथ उठा दिया | और बोले घर चल फिर बताता हूं मुझे तो समझ में नहीं आता है कि मेरी गलती क्या है | घूमने आई थी सोचा था इतने समय बाद किसी पिंजड़े से बाहर निकली हूं | लेकिन कहते हैं ना कि किसी किसी की किस्मत खराब होती है | वह भी हद से ज्यादा शिमला से हम लोग वापस जब घर आए | मेरी सांस ने मुझसे बोला कैसा रहा घूमना फिरना मैंने बोला अच्छा रहा मम्मी जी यह बोलकर अपने कमरे में चली गई | वहां से आने के बाद मैंने इनसे बात करना ही बंद कर दिया माहौल बहुत ही शांत शांत हो गया घर का | मैंने बोला निम्मी तू टेंशन मत ले सब सही हो जाएगा उसने बोला यार यह बोलना बहुत आसान होता है टेंशन मत लो सब सही हो जाएगा | लेकिन यह वर्ड सामने वाले को दिलासा देने के लिए होता है | सच बताऊं तो जिसके साथ होता है उसको ही पता है मैं टेंशन में हूं वह भी हद से ज्यादा क्योंकि मुझे कुछ समझ में ही नहीं आता है | अपनी गलती भी नहीं पता चलती मैं बस शांत रहती हूं | बोलती ही नहीं हूं कुछ फिर भी मेरे पीछे पड़े रहते हैं | तुमको नहीं पता है मधुलिका मेरी नंद के बारे में मेरी नंद भी ऐसी है कि मुझसे सिर्फ और सिर्फ काम करवाती रहती है | खुद कुछ नहीं करती है और मुझसे काम करवाती है | जब मेरी मंथली प्रॉब्लम 4 दिन वाली आती है | तब मुझे सिर्फ किचन का काम नहीं करना पड़ता और पूरे घर का काम करना पड़ता है झाड़ू पोछा बर्तन कपड़े सब इस घर के नियम ही अलग है | कब क्या हो जाए कुछ पता ही नहीं चलता है | एक मेरी सांस है जो काफी अच्छी है | वह भी मुझे शायद कहीं ना कहीं समझती है | मैंने बोला तो अब क्या करना है तूने कुछ सोचा है आगे करने के लिए | उसने बोला मैंने सोचा है कि मैं चुप रहूंगी और जब यह मेरे ऊपर किसी बेवजह कारण हाथ उठाएंगे तब मैं इनको अच्छे से आंसर दूंगी और बोलूंगी क्यों मारते हैं मुझे बार-बार | क्यों हाथ उठाते हो मेरे ऊपर क्या बिगाड़ा है मैंने तुम्हारा यही मैं तुम्हारी पत्नी हूं | मैं गरीब घर से हूं गरीब हूं तो क्या हुआ तुम्हें तुम्हारे परिवार को अच्छे से संभाल रही हूं | अबकी बार मेरे ऊपर हाथ उठाया तो

पुलिस पर कंप्लेंट कर दूंगी | मैंने बोला अब तुम सही कर रही हो मैं यही तो समझाना चाहती थी तुमको यह काम तुमको पहले ही करना चाहिए निम्मी लेकिन कोई बात नहीं अब जो तुमने सोचा है वह बिल्कुल सही सोचा है | अगर अब आवाज नहीं उठाई तो यह आदमी जानवर की तरह तुमको मारता ही रहेगा | तुमने जो सोचा है बिल्कुल सही सोचा है | यह बोलकर मैंने बोला कि चलो अब तुम आराम से रेस्ट करो मैं बाद में तुमसे बात करूंगी | निम्मी बोली नहीं मधुलिका मैं ही तुम्हें कॉल करूंगी तुम कॉल मत करना क्योंकि मेरा फोन कमरे में रखा रहता है | और मेरी नंद वहां घूमती रहती है उसने अगर उठा लिया तो घर में और कलेश मचा देगी और बोलेगी कि भाभी की दोस्त भाभी का घर तोड़ रही है | इसलिए मुझको जब भी टाइम मिलेगा मैं तुमको कॉल कर दूंगी मैंने बोला ठीक है | जैसा तुम्हें सही लगे तुम मुझे कॉल कर लेना आराम से यह बोलकर हम दोनों ने एक दूसरे को बाय बोला और फोन रख दिया | उस दिन मेरी मम्मी ने मुझसे पूछा और निम्मी के क्या हाल-चाल हैं | मैंने बोला सब कुछ सही चल रहा है निम्मी की लाइफ में मेरी मम्मी ने बोला हम देख रहे हैं निम्मी के चक्कर में तुम परेशान रहने लगी हो अपनी पढ़ाई पर भी फोकस नहीं कर रही हो | जब निम्मी का कॉल आता है तुम फोन रखते ही परेशान सी हो जाती हो | हम यह नहीं बोल रहे हैं कि किसी की हेल्प मत करो हेल्प करो लेकिन उस चीज में इतना मत घुस जाओ कि तुम खुद टेंशन में रहने लगो और अपनी तबीयत खराब कर लो | मैंने बोला नहीं मम्मी ऐसा कुछ नहीं है | मैं ठीक हूं मेरी कोई तबीयत खराब नहीं है और ना ही मैं टेंशन में हूं | मम्मी ने बोला तुमको नहीं पता चलता है लेकिन मैं तुम्हारी मां हूं तुमको देखते ही साथ पहचान लेती हूं | मैंने बोला हां थोड़ा टेंशन में हो जाती हूं देखकर सिचुएशन को मैंने मम्मी से बोला कि क्या हर संघर्ष औरत के ही जिंदगी में होता है | औरत को ही क्यों कंप्रोमाइज के लिए बोलना बोला जाता है | आदमियों को क्यों नहीं बोला जाता है | जो लड़की अपने मां बाप को छोड़कर दूसरे परिवार में आती है जो की पूरी तरह से अनजान होता है उस ल लड़की के लिए उसको अच्छे से संभालती है | प्यार देती है पूरे घर को मैनेज करती है | तो भी औरतों की ही जिंदगी में ऐसा क्यों मोड़ आ जाता है कि जिसके साथ उसके मां-

बाप उसकी शादी करते हैं जिंदगी बिताने के लिए वही पति उसको मारता पीटता है गालियां देता है | निम्मी की कहानी भी कुछ ऐसे ही चल रही थी | 1 दिन की बात है कि उसका पति बहुत ज्यादा शराब पी कर आया था और खाना खाने के बाद वह अपने कमरे में चला गया | थोड़ी देर बाद जब वह सो कर उठा तो बाहर वाले कमरे में जाकर बैठ गया | आधी रात में जब मम्मी ने अपने बिस्तर में अपने पति को नहीं पाया तो वह यह देखने के लिए उठी कि उसका पति आधी रात को उठकर कहां चला गया है | यह देखने के लिए उठी तो उसने देखा कि बाहर वाले कमरे में अंधेरे में उसका पति बैठा हुआ है | उसने लाइट जलाई और बोली इतनी रात में आप यहां क्या कर रहे हैं आपको नींद नहीं आ रही है क्या वह एक पानी का गिलास लेकर आई और बोली लीजिए पानी पी लीजिए | इतना बोलते ही उसका पति उठा और वह पानी का गिलास उसके मुंह पर मार दिया और बोला चिल्लाकर उसके बाल पकड़कर कि तू कभी मेरा पीछा छोड़ेगी भी या नहीं समझ में नहीं आ रहा है तुझको कि मुझको तुझसे बात नहीं करनी है उलझन होती है तुझसे अब चली जा मेरी नजरों से दूर | इतना सुनकर निम्मी अपने कमरे में आ गई और जोर से रोने लगी | अब उसको अंदर से यह लगने लगा था कि मैं आत्महत्या कर लूं ताकि सब को सुकून मिल जाए कोई मुझसे खुश ही नहीं है इस घर में दूसरे दिन निम्मी घर छोड़कर चली गई कहां चली गई यह किसी को नहीं पता था | दूसरे ही दिन जब निम्मी की सास सो कर उठी तो वह अपनी बहू को आवाज लगा रही थी | निम्मी बेटा कहां हो मम्मी बेटा कहां हो निम्मी को पूरे घर में ढूंढते ढूंढते उसकी सास बोली अपने बेटे को कहा है मेरी बहू | निम्मी का पति बोला यहीं पर होगी किचन में कुछ कर रही होगी निम्मी की सास ने बोला मैंने पूरा घर देख लिया है मुझे वह कहीं पर भी नहीं मिल रही है | इतने में निम्मी की नद भी आ गई उसने अपनी मां से बोला क्यों शोर मचा रही हो क्या हो गया | निम्मी की सास ने बोला बहू नहीं मिल रही है पता नहीं कहां चली गई है इतनी सुबह सुबह निम्मी की नंद ने बोला अच्छा हुआ चली गई मनहूस | मुंह नहीं देखना पड़ेगा | इतने में निम्मी कि सास ने बोला अगर निम्मी नहीं मिली तो पुलिस केस हो जाएगा पुलिस घर आकर पूछताछ करेगी सबसे पहले हम लोगों

को पड़ेगी | क्योंकि वह लड़की घर से गायब हो चुकी है | तुम लोगों को फर्क नहीं पड़ रहा है लेकिन मुझे फर्क पड़ रहा है | मैं अकेली ही जा रही हूं अपनी बहू को ढूंढने के लिए | इतने में निम्मी के पति ने बोला आप रहने दो मैं जा रहा हूं उसको ढूंढने के लिए | निम्मी का पति निम्मी को ढूंढने के लिए घर से बाहर निकल गया | निम्मी की सास और नंद भी आसपास के लोगों से पूछताछ कर रहे थे | पूरे मोहल्ले को पता चल चुका था कि इनकी बहू गायब हो चुकी है कहीं घर से सब लोग मोहल्ले वाले तरह-तरह की बातें कर रहे थे | लोग बोल रहे थे कि इनके घर में कोई भी लड़की टिक नहीं पाती है क्योंकि भाई और उसकी बहन दोनों ही क्लेश काटने में सब से आगे हैं | इनके घर कोई भी इंसान जल्दी रुक नहीं पाता है | अब 24 घंटे पूरे होने को थे निम्मी का कोई अता पता नहीं चल रहा था | पुलिस वेरिफिकेशन करने के लिए निम्मी के घर पर आई निम्मी के पति से पूछताछ की और पूछा कि तुम दोनों के बीच कोई लड़ाई झगड़ा तो नहीं हुआ था | तुम दोनों का पति पत्नी का रिश्ता कैसा था सारे प्रश्नों का उत्तर देने के बाद पुलिस ने आस-पड़ोस के लोगों से पूछताछ की | वहां पुलिस को पता चला कि इन दोनों का रिश्ता काफी टाइम से सही नहीं चल रहा था | पड़ोसियों ने यह तक बता दिया कि इन लोगों से मोहल्ले में कोई ज्यादा बातचीत भी नहीं करता है क्योंकि दोनों भाई बहन बहुत क्लेश करते थे | जबसे इन की बहू इनके साथ रहने के लिए आई शादी के बाद तब से यह लोग उसको परेशान ही करते जा रहे थे | दिन भर वह काम ही करती रहती थी और कई बार तो आधी रात में उसके रोने की आवाज तक लोगों तक सुनाई देती थी | इनकी बहु बहुत सीधी थी नेचर भी उसका बहुत अच्छा था | इतनी सारी बातें सुनकर पुलिस वालों को यह तो समझ में आ चुका था कि निम्मी का पति सही नहीं है | वह उस पर हद से ज्यादा अत्याचार करता है काफी दिनों तक पुलिस की छानबीन चलती रही इस बीच निम्मी की मम्मी को भी सब कुछ पता चल चुका था | वह निम्मी के ससुराल आई और निम्मी की सास से बोला मैं हरदम अपनी बेटी से बात करती थी और वह रोती रहती थी | वह मुझको बताने की कोशिश भी करती थी लेकिन मैं उसको समझाती थी कि बेटा शादी में थोड़ा बहुत उतार-चढ़ाव आता रहता है | हर लड़की को कहीं ना कहीं

एडजस्ट करना पड़ता है | मेरी बेटी ने आप लोगों के साथ बहुत ज्यादा एडजेस्टमेंट किया था और आप लोगों ने उसके साथ क्या किया | मैं आप लोगों को छोड़ूंगी नहीं और अब मैं पुलिस को यह गवाही दूंगी कि उसका पति और उसकी नंद उसके साथ क्या क्या करते थे | इतनी सारी बातें सुनने के बाद निम्मी की सास ने बोला कि बहन जी आपको जो सही लगता है अब आप कर सकती हैं | क्योंकि मुझको मेरी बहू से बहुत प्यार था | गलती मेरी भी है मेरी बहू के साथ ऐसा होता था और मैं भी यही बोलती थी कि थोड़ा अनचेस्ट करो | गलती मेरी भी है मुझे उसे समझना चाहिए था | मेरी बहू बहुत सीधी थी लक्ष्मी थी इस घर की आज नहीं है तो यह घर-घर जैसा नहीं लग रहा है | 2 दिन बाद निम्मी की मम्मी ने पुलिस में यह गवाही दे दी कि मेरी बेटी के ससुराल वाले उसको बहुत प्रताड़ना देते थे | जीने नहीं देते थे उसका पति उसको मारता पीटता था उसकी नंद उसको दिनभर ताने देती रहती थी | इसी बीच मेरी बेटी हद से ज्यादा परेशान हो गई सहन करते करते वह घर छोड़कर चली गई | पुलिस ने निम्मी की मम्मी से यह बात पूछी कि आपको यह सब कैसे पता चला | निम्मी की मम्मी ने पुलिस वालों को गवाही दी कि मैं बीच-बीच में मम्मी को कॉल करती रहती थी | वह ज्यादातर मेरा कॉल रिसीव भी नहीं करती थी | बीच में कभी-कभी उसका कॉल आता था लेकिन वह ज्यादातर रोती रहती थी | या तो दुखी मन से मुझसे बात करती थी | मुझे बताती थी कि मम्मी मेरे साथ यहां पर ऐसा ऐसा होता है लेकिन मैं हरदम उसकी बात अनसुनी कर दी थी | काफी दिनों तक मैं उसे कॉल करती रही ना तो मेरे कॉल का आंसर देती थी और ना ही मुझे कॉल करती थी तब मुझे कुछ सही नहीं लगा | मुझको अंदर से ही लगा कि मुझको जाकर देखना चाहिए कि मेरी बेटी कैसी है | जैसे ही मैं इन लोगों के घर आई तो आस-पड़ोस के लोगों ने मुझको ऐसे देखना शुरू कर दिया जैसे मैं कोई अछूत हूं | एक-दो लोगों से मैंने पूछा इन लोगों के बारे में तो लोगों ने मुझे बताया कि आपकी बेटी बहुत अच्छी थी | आपने कहा शादी कर दी उसकी | उसकी जिंदगी इन लोगों ने नर्क से भी बदतर कर दी थी | यह सब सुनकर मुझे अंदर से ऐसा लगा कि मैंने क्या कर दिया कहीं ना कहीं उसकी मैं दोषी हूं फिर निम्मी की मम्मी ने बोला सर कुछ भी करके मेरी

बेटी को ढूंढिए | मुझको बहुत खराब लग रहा है जैसे ही मेरी बेटी मिल जाएगी | मैं इन लोगों से दूर ले जाऊंगी अपनी बेटी को अपनी बेटी को इन दरिंदों के पास दोबारा नहीं भेजूंगी | सर बस आप इतना सा कर दीजिए मुझ बूढ़ी औरत के लिए | निम्मी की मम्मी की गवाही के बाद पुलिस वालों ने F.I.R. तो लिख ली थी | अब निम्मी की छानबीन बहुत तेजी से शुरू हो चुकी थी | निम्मी के पति को पुलिस ने हिरासत में लिया था | लेकिन निम्मी की नंद अपने भाई को छुड़वाने के लिए एक अच्छा सा वकील कर लिया | बेल पर निम्मी का पति छूट तो गया लेकिन पुलिस की नजर अभी भी निम्मी के पति पर थी | 1 दिन की बात है निम्मी की मां अपने घर में रो रही थी अचानक से दरवाजे की तरफ एक आवाज आई मां कैसी हो देखो मैं आ गई | निम्मी की आवाज सुनकर निम्मी की मां ने जैसे ही दरवाजे की तरफ देखा तो बोली बेटा निम्मी उनकी बेटी उनके सामने खड़ी थी | वह तुरंत भाग कर गई और अपनी बेटी को गले से लगा लिया और फूट-फूट कर रोने लगी | बोली बेटा कहां चली गई थी मैंने तुझे कितना ढूंढा पुलिस भी तुझे ढूंढ रही है कहां चली गई थी तू | तू ठीक तो है ना तुझे कहीं चोट तो नहीं लगी है | निम्मी भी अपनी मां के गले लग कर फूट-फूट कर रोने लगी और बोली मां मुझको बहुत भूख लगी है और मुझे चक्कर भी बहुत तेजी से आ रहे हैं | निम्मी को निम्मी की मां ने खाना खिलाया और अपनी गोद में सर रखकर उसके बालों को सहला कर उससे पूछा बेटा क्यों छोड़ कर चली गई थी घर अगर घर छोड़ दिया था तो मेरे पास आ जाती | मैं तुझको अच्छे से रखती निम्मी ने बोला मां तुम तो ऑलरेडी पहले से इतनी परेशान हो | मैं भी तुम्हारे कंधे पर आ जाती तो तुम इन सब चीजों को कैसे संभाल पाती घर का खर्चा भी सही से नहीं चल पा रहा था ऐसे में मैं भी आ जाती और तुम्हारे ऊपर बोझ बन जाती | यह सब सुनकर निम्मी की मां की आंखों में आंसू आ गए और बोली गले लगाकर बेटा मुझको माफ कर दे | तेरी इस हालत की जिम्मेदार कहीं ना कहीं मैं हूं | निम्मी ने बोला नहीं मां इसकी जिम्मेदार मैं अकेली हूं | मेरी ही सारी गलती है जब पहली बार मेरे पति ने मेरे ऊपर हाथ उठाया उसी समय मुझ को तुरंत कुछ ना कुछ करना चाहिए था | पुलिस में कंप्लेंट करनी चाहिए थी | लेकिन मैं भी यही सोचती रही कि

मेरी मां ने यह बोला है कि बेटा हम गरीब हैं हमारी कोई सुनने वाला नहीं है | अगर कुछ भी ऐसा होता है तो थोड़ा एडजस्ट कर लेना और एडजस्ट का नाम सुन सुनकर मेरे दिमाग में सिर्फ एक ही बात थी कि जितना हो सके मैं एडजस्ट करूंगी | निम्मी बोले मां हम औरतों की एक ही गलती होती है कि हम में सहने की क्षमता सबसे ज्यादा होते हैं | जब हम पैदा होते हैं तो लड़की होने का दर्द | जब हम बड़े होते हैं तो हमारी पढ़ाई का खर्चा होता है मां-बाप ताने देते हैं उसका दर्द कि तुम तो बेटी हो तो भी खर्चा करना पड़ रहा है | जैसे तैसे पढ़ाई पूरी होती है तो मां-बाप को शादी करने की जल्दी पड़ी रहती है | क्योंकि जिस समाज में हम रह रहे होते हैं उस समाज के लोग मां-बाप को बार-बार सिर्फ एक ही चीज बोलते हैं | बेटी बड़ी हो रही है लोगों की नजर जाएगी बेटी पर जल्द से जल्द शादी कर दो | बिना सोचे समझे बेटी को बोझ मानकर मां-बाप शादी कर देते हैं कि अब तो हमने गंगा नहा ली | मां बाप से दूर जाने का दर्द | एक ऐसे परिवार में जाने का डर जिसको हम जानते तक नहीं हैं | लेकिन फिर भी अपने प्यार से उस परिवार को अपनाते हैं| जिस घर में मैंने काम नहीं किया आज दूसरे घर में जाकर मुझे पूरे घर को संभालना पड़ता है | घर के काम करने पड़ते हैं जानवर को भी कहीं ना कहीं थोड़ा सा आराम मिलता है | लेकिन मुझको तो वहां आराम तक नहीं मिलता था | कभी-कभी पता ही नहीं चलता था सुबह कब हो गई और रात कब हो गई | जब मेरा पति मुझको मारता था तो उस मार का दर्द बहुत भयानक होता था | लेकिन फिर भी आपकी बात याद आती थी कि एडजेस्ट करना है | मां इन लोगों ने मुझे बहुत दर्द दिया है मैं आपको बयान तक नहीं कर सकती हूं | यह सब बातें सुनकर निम्मी की मां का कलेजा जैसे फटता रहा था | वह फूट-फूटकर जोर जोर से रो रही थी और निम्मी को बोल रही थी हाथ जोड़कर कि बेटा मुझे माफ कर दे | जिम्मेदार मैं भी हूं उस चीज की निम्मी फिर भी अपनी मां की तरफ देख कर एक ही सवाल पूछ रही थी बेटियां ही क्यों मां बेटियां ही क्यों | निम्मी बोली कि मां मुझको इंसाफ चाहिए यह लोग जब जब मुझको मारते थे मैं बहुत रोती थी | लेकिन अब मुझको लग रहा है कि अब मुझको कुछ ना कुछ करना ही पड़ेगा और ऐसा करना पड़ेगा कि हर लड़की के लिए एक मिसाल बन जाए | निम्मी

की मम्मी ने मम्मी से बोलो कि बेटा तुम आगे बताओ कि हमें करना क्या है | मम्मी ने बोला मम्मी सबसे पहले आप मेरे ससुराल जाइए और आसपास के जितने भी लोग मेरे बारे में जानते हैं उनसे जाकर मेरे बारे में पूछिए और उन लोगों को कोर्ट में गवाही के लिए बोलिए और एक अच्छा सा वकील देखिए | निम्मी की मां ने बोला कि बेटा इसमें तो बहुत सारा पैसा लगेगा | निम्मी ने बोला तो क्या करूं मैं | बोलिए आप आपके पास कोई निवारण है | हम एक सरकारी वकील देखेंगे कुछ भी करके उन लोगों को छोड़ेंगे नहीं मैंने बहुत सहन है किया है मां अगर इस तरह छोड़ दिया हमने उन लोगों को तो क्या पता वह किसी और की जिंदगी बर्बाद कर देंगे | यह सब सुनकर निम्मी की मां ने बोला ठीक है बेटा तूने जैसे जैसे बोला है हम वैसे वैसे ही करेंगे लेकिन अभी तो आराम कर अभी तेरे शरीर को आराम की हद से ज्यादा जरूरत है | निम्मी ने बोला तुम मेरे पास ही बैठी रहो और मेरे बालों को ऐसे ही सहलाते रहो मां मुझको नींद आ जाएगी | 2 दिन बाद निम्मी का मेरे पास कॉल आया मैंने निम्मी से बोला कि इतने टाइम तक कहां थी | इतने महीने हो गए 1 साल पूरा होने को है | तूने मुझे कॉल क्यों नहीं किया निम्मी ने मुझे सारी बातें बताएं कि यार ऐसी ऐसी बात हो चुकी है | मेरे साथ आज मैं अपनी मम्मी के घर पर हूं | मैंने बोला कि मैं तो पहले ही बोल रही थी पुलिस कंप्लेंट कर उन लोगों को छोड़ना मत | जाने कैसे जल्लाद से लोग हैं निम्मी ने बोला अब मेरा फैसला बदलेगा नहीं मधुलिका अब मुझे कुछ ना कुछ तो करना ही पड़ेगा और मैं कर कर ही रहूंगी जितना दर्द उन लोगों ने मुझे दिया है उतना ही दर्द अब वह लोग सहन करेंगे | फिर मैंने निम्मी से बोला चल अब तू थोड़ा रेस्ट कर जैसे ही तुझे लगे कि तेरी तबीयत ठीक हो गई है और मुझसे बात करना चाहिए तो तू तुझे कॉल कर लेना | फिर निम्मी ने फोन कट कर दिया और वह रेस्ट करने लगी | उसी दिन शाम को मैंने उसे कॉल किया मैंने बोला सब सही है तबीयत ठीक है तुम्हारी | तुमने कुछ खाया तो उसने कहा हां मैंने खाना खा लिया था और तबीयत ठीक है | लेकिन अब तबीयत उन लोगों की बिगड़ने वाली है | मैंने बोला कि तू बहुत चेंज सी लग रही है मुझे उसने कहा अब चेंज होने का ही वक्त है | ऐसी हालत करूंगी उस आदमी की किसी भी लड़की के साथ ऐसा

करने से पहले हजार बार वह आदमी सोचेगा | निम्मी ने बोला कि मेरा प्लान बहुत बड़ा है अबकी बार | मैंने बोला क्या प्लान करा है अबकी बार | उसने बोला मैं मेरी मम्मी को मेरे ससुराल भेज रही हूं और आस-पड़ोस के लोगों से वह पूछताछ भी करेंगी मेरी मम्मी और जिन जिन लोगों को मेरे बारे में पता है कि मेरी हालत इन लोगों ने कैसे करके रखी थी | उन सब से मेरी मम्मी बोलेंगे गवाही देने के लिए | मैंने बोला कि तेरा प्लान तो बहुत अच्छा है लेकिन तेरे पास कुछ ऐसा तो होगा जिससे यह साबित हो जाए कि तेरा पति तुझको बहुत बुरी तरह मारता पीटता था | उसने बोला कि मेरी सास ने मुझे अपनी आंखों से मार खाते हुए देखा है क्योंकि कई बार मेरी सास के सामने भी मेरे पति ने मेरे ऊपर हाथ उठाया था | मैंने बोला कि यह तो बहुत अच्छा हुआ कि तुमने यह बात बता दी अगर तेरी सास कोर्ट में गवाही दे दे अपने बेटे के लिए तो क्या पता उसको जेल होने से कोई बचा नहीं सकता है | निम्मी बोली कि कोई भी मां अपनी बेटी के लिए गवाही क्यों देगी | वह भले ही मेरे सास है लेकिन साथ तो अपने बेटे का ही देगी | मैंने बोला कि अपनी मम्मी से एक बार बोल कर देखो यह बात तुम्हारी मम्मी तुम्हारे ससुराल जा रही है | अगर उन्होंने तुम्हारी सास से यह बात बोली तो क्या पता तुम्हारी सास गवाही देने के लिए राजी हो जाए | निम्मी ने यह बात अपनी मां से बोली कि एक बार मेरी सांसे से गवाही देने के लिए जरूर बोलिएगा | दूसरे ही दिन निम्मी की मां निम्मी के ससुराल पहुंची उन्होंने पड़ोसियों से बात की कुछ लोग गवाही देने के लिए भी तैयार हो गए थे | फिर निम्मी की मां ने निम्मी की सास से गवाही देने के लिए बोला तो निम्मी की सास भी तैयार हो गई गवाही देने के लिए अपने बेटे के खिलाफ | यह बात जब निम्मी को पता चली तो वह बहुत ज्यादा खुश हूं हुई | जब निम्मी की मां निम्मी कि सास से बात कर रही थी | उसी समय पुलिस आ गई थी निम्मी की मां को वहां पर देखा तो पुलिस ने सीधे-सीधे बोला कि आप यहां पर अच्छा हुआ आप भी यहां पर मिल गई | इतने में निम्मी की मम्मी ने पुलिस वालों से बोला कि निम्मी घर आ चुकी है | निम्मी की सास को यह बात पता चली तो वह बहुत खुश हुई उन्होंने निम्मी के बारे में बोला कि आपने अच्छा हुआ यह इतनी अच्छी खबर मुझको दे दी | निम्मी की मां ने

पुलिस वालों के सामने निम्मी की सास से बोला कि आप अपनी बहू के लिए सिर्फ एक काम कर दीजिए | निम्मी की सास ने बोला क्या काम है निम्मी की मां ने बोला कि आप अपने बेटे के लिए गवाही दे सकती हैं | निम्मी की सास काफी देर तक सोचती रही निम्मी की मां ने बोला वह तो आपकी लक्ष्मी थी मेरी बेटी को आप अपने घर की लक्ष्मी मानती थी बेटी मानती थी आज वही बेटी हद से ज्यादा परेशान हैं आपके बेटे की वजह से तो क्या आप नहीं चाहते कि आप की गवाही की वजह से आपके बेटे ने जो आपकी बेटी के साथ किया उसको सजा मिलनी चाहिए | इतने में निम्मी की सास ने गवाही देने के लिए हां बोल दिया और बोला मैं तैयार हूं गवाही देने के लिए | पुलिस वालों ने निम्मी की सास की गवाही कोर्ट में पेश की जहां पर निम्मी का पति भी था | निम्मी की सास ने कोर्ट में साफ-साफ बोल दिया कि काफी बार तो मेरे सामने ही मेरा बेटा मेरी बहू को मारता था | मैंने कई बार बचाने की कोशिश की तो मेरे बेटे ने मुझे धक्का मार दिया | मुझको पता था कि मेरी बहू मेरे बेटे के साथ खुश नहीं है तो भी मैं अपनी बहू को बोलती थी कि बेटा तू उसका साथ छोड़ देगी तो क्या पता वह और ज्यादा बिगड़ जाए | एडजस्टमेंट का नाम सुना सुना के मैंने अपनी बहू को अपने बेटे के साथ रहने के लिए मजबूर किया | कहीं ना कहीं निम्मी की हालत कि जिम्मेदार आज मैं भी हूं | आप मेरे बेटे को सजा दीजिए क्योंकि अगर आज उसको सजा नहीं मिली तो क्या पता हर लड़की के साथ यही चीज हो | आज अगर यह छूट गया यहां से और मेरी बहू घर आई तो क्या पता यह अबकी बार उसको जान से ही मार डाले | जज साहब इसको सजा दीजिए आज एक मां अपने बेटे के लिए गवाही दे रही है और यह मांग रही है कि इसको कड़ी से कड़ी सजा दीजिए | इतनी गवाही देने के बाद जज साहब ने निम्मी के पति को उम्र कैद की सजा सुनाई | यह सब सुनकर निम्मी तो बहुत खुश हुई निम्मी की मां भी खुशी हुई और कहीं ना कहीं निम्मी की सास भी खुश थी | उनको अंदर से थोड़ा सा यह लग रहा था क्योंकि उनका बेटा था कहीं ना कहीं मां की ममता बीच में आ ही जाती है लेकिन अपनी बहू का मुंह देख कर वह खुश हो रही थी क्योंकि वह अपनी बहू को अपनी बेटी की तरह मानती है | दोस्तों यहां पर मैं आपको बता दूं कि हर किसी को ऐसी सास

नहीं मिलती है क्योंकि बेटियां तो दूसरे के घर जाकर बेटी बनने की पूरी कोशिश करती हैं लेकिन उसकी सास मां नहीं बन पाती है | बहू बेटी बनने की कोशिश करती है तो एक सास को भी एक मां बनने की कोशिश करनी चाहिए क्योंकि सास भी कभी ना कभी उस घर में बहू बनकर आई होती है | दोस्तों आपको यह बता दूं कि एडजेस्टमेंट का मतलब होता है कि हम सामने वाली चीजों को किस तरह हैंडल करते हैं | अगर आप कोई ऐसी दुर्घटना या मारपीट या कुछ ऐसा होता है तो आप तुरंत के तुरंत कोई ना कोई एक्शन जरूर ले नहीं तो आपके साथ कोई ना कोई दुर्घटना घट सकती है | या तो अपने घर वालों को सब बताएं दोस्तों को बताएं पुलिस को बता दे या तो ऐसे इंसान को सब बताएं जो आपके बहुत ही करीब हो | चुप रहने से कुछ होने वाला नहीं है इंसान जितना चुप रहता है उतना ही सामने वाला उस पर अत्याचार करता है | अब निम्मी बहुत खुश रहने लगी थी | अपने घर आकर अपनी पढ़ाई तो पूरी की साथ में अपने पैरों पर भी खड़ी हुई | आज वह एक कंपनी में मैनेजर है खुद का कमा रही है अपनी मम्मी की देखरेख कर रही है अपने भाई को पढ़ा रही है | अपने पैरों पर खड़े होकर आज उसको वह सम्मान मिल रहा है जो शायद शादी के बाद उसको नहीं मिल पा रहा था | दुनिया ने भी उसको ऐसे ठुकरा दिया था जैसे कि लड़की का कोई वजूद ही नहीं आज उसने यह दुनिया को भी साबित कर दिया कि लड़कियां बोझ नहीं होती हैं | लड़कियां चाहे तो सब कुछ कर सकती है एक औरत मां बेटी बहन सब में कहीं ना कहीं एक ऐसा रूप छुपा है जो समय आने पर ही सामने आता है | दोस्तों यह कहानी एक ऐसी कहानी है जो सच में घटित हुई है यह थी निम्मी की कहानी लेकिन निम्मी जैसे ना जाने इस दुनिया में कितनी लड़कियां है | जो आज तक यह सब चीजें बर्दाश्त कर रही है और क्या पता बर्दाश्त करते करते बूढ़ी भी हो गई हो | दोस्तों आज निम्मी ने शादी नहीं की है उसने एक बच्चा अनाथ आश्रम से गोद लिया है और आज वह उसका ही भरण पोषण कर रही है | इससे यह साबित होता है कि औरत को जीने के लिए किसी मर्द की जरूरत नहीं होती | वह चाहे तो मर्द बन कर काम कर सकती है और औरत बन के घर भी चला सकती है और मां बन के अपने बच्चों को अच्छी शिक्षा भी प्रदान कर सकती हैं | दोस्तों तो यह

थी निम्मी की कहानी | ऐसे ही और कहानी मैं आप सबके सामने लाती रहूंगी जो सच्ची घटना पर आधारित होगी तो इसी कहानी के साथ मैं आप सब से अलविदा लेती हूं खुश रहिए अपने पैरों पर खड़े होइए अच्छी सोच रखिए और अच्छा बोलिए इसी शब्दों के साथ मैं आप से अलविदा देती हूं नमस्कार |

लेखिका का नाम : मधुलिका गोयल

Enter Caption